La pauvre a perdu ses parents dans un accident de voiture il y a deux ans

PASSE SON TEMPS À LIRE

A BEAUCOUP DE FANTAISIE, D'IMAGINATION

aimable

HABITE CHEZ SA TANTE ET SON ONCLE… …ET SA COUSINE CAMILLE

élève sérieuse travail soigné et rigoureux

~~TROP TIMIDE~~ ! DISCRÈTE

Maïa

N'AIME PAS SE DISPUTER

toujours prête à rendre service

Brigitte Luciani et Colonel Moutarde

Maïa

2 Un secret bien gardé

DARGAUD

PARIS BARCELONE BRUXELLES LAUSANNE LONDRES MONTREAL NEW YORK STUTTGART

Couleur : Colonel Moutarde et Florence Spiteri

www.dargaud.com

PREMIÈRE ÉDITION
Imprimé sur un papier issu de forêts gérées durablement.
"Loi n°49-956 du 16 juillet 1949 sur les publications destinées à la jeunesse".

Dépôt légal : février 2011 – ISBN 978-2205-06723-1
Imprimé en France par Jean-Lamour – Groupe Qualibris

Drriiiiiiiiiiing !...
Pffffsss
Arrêtez !
S'il vous plaît monsieur !
Le prochain ne passe que dans 20 minutes !
Il est interdit de monter à bord en dehors des stations.
Le règlement sert à la sécurité des passagers.
Pas sympathique ce chauffeur !
BUS
Camille !!
?!?!

QUIIIIIISSSSSCCCCHHH!
BUS
OH MON Dieu!
CAMILLE!!
Ce N'est pas ma faute!
BUS
Maïa?
Ça va?
EN VINGT ANS, je N'ai jamais eu d'accident!
Tu peux marcher?
ENCORE deux mois et j'aurais eu ma médaille pour "conduite sans faute".
Je pense qu'elle a juste un petit choc. Le bus ne l'a pas touchée.
Vous la connaissez?
C'est ma cousine. Je vis dans sa famille.
Alors vous pouvez l'accompagner chez elle. Pas la peine d'appeler le SAMU.
Cui Cui
Cui Cui
je pense qu'il serait plus prudent...
Non, laisse, Maïa, ça va aller.
Voilà! Vous allez vous asseoir et tout ira bien.
BUS

Tu me dis si tu as des vertiges, ok ?
Tu l'as fait exprès ?!?
Tu as risqué ta vie pour attraper le bus ?!
J'étais morte d'inquiétude !
Parle plus bas sinon on rentre toutes les deux à pied.
Dis-moi plutôt si tu peux me dépanner pour le devoir d'histoire géo ?
Merci pour le petit détour.
Je vous en prie, c'est normal. Reposez-vous, surtout !
BUS
T'es incroyable !
Merci !

N'oublie pas que nous avons la même prof. Faut transformer un peu...
T'inquiète !
CLAC !
Pourquoi as-tu encore cédé ?
Tu lui passes vraiment tout !
Ce comportement n'est pas digne d'une gardienne !
arrête de jouer les bonnes poires et occupe-toi de ta mission !
C'est vrai Maïa : ça fait deux semaines que la boîte de Pandore est sous ton lit...
Pendant des siècles, cette boîte était enfouie et ainsi en sécurité. Quand sa découverte a été imminente, nous sommes venus t'alerter pour que tu la mettes à l'abri.
CLIC
Tu as réussi et tu l'as ramenée ici.
il reste à trouver une bonne cachette pour que cette boîte ne s'ouvre plus jamais.
Qu'est-ce que tu attends ? C'est quoi ton problème ?
il n'y a pas de cachette sûre. Voilà mon problème !

Si j'enterre la boîte, elle peut être déterrée par un chien.
Si je la jette dans les fondations d'une maison, elle risque d'être cassée le jour où on démolit la maison.
Même le coffre-fort d'une banque peut être dévalisé !
C'est horrible, cette responsabilité ! Pourquoi fallait-il que ça tombe sur moi ?
Je n'ai rien demandé.
On n'échappe pas à ce qu'on est, Maïa. Toi, tu ES la nouvelle gardienne de la boîte de Pandore. C'est l'héritage que t'a laissé ta mère.
Et vous ?
Vous faites partie de cet héritage ?
Nous sommes des dieux, nous n'appartenons à personne.
Mais tu peux nous voir parce que nous avons décidé de te venir en aide.
Si vous voulez vraiment m'aider, trouvez-moi une remplaçante. Prenez Camille ! Elle se débrouille toujours, elle !
Moi, je suis nulle.

IL NE RESTE QUE TROIS JOURS JUSQU'À LA BROCANTE. FAUDRAIT REGROUPER LES AFFAIRES QUE TU VEUX VENDRE, CAMILLE !
BLA BLA BLA C'EST VOTRE DERNIER MOT ?
CAMILLE ?
ARRÊTE DE STRESSER, PAPA.
PARCE QUE CE N'EST PAS TOUT DE SAVOIR CE QU'ON VEUT VENDRE. IL FAUT AUSSI LE NETTOYER ET METTRE UN PRIX DESSUS !
DDRRRING
JE VAIS OUVRIR.
...
BONSOIR.
J'AI TROUVÉ CECI DANS MA CHAMBRE. C'EST À TOI ?
EUH.., OUI.

il vaut mieux qu'il n'entre plus chez nous.
Bonne soirée.
Hé ?!
C'est toi qui as emménagé à côté ?
Oui.
Bienvenue! Moi c'est Camille. et toi?
RRR
Hugo.
Qu'est-ce que t'as contre les chats, Hugo?
Gouzi!
je vous présente EDGAR. C'est lui qui n'aime pas les chats.
TROP CHOU!
OH!
Je comprends pourquoi le chat était dans ta chambre.
Tout le monde a envie d'être dans la chambre de ce garçon, non ?
Possible.

Seule solution : faut fermer toutes les portes et les fenêtres.
aïe !
KABOUM !
NON !
je vais garder un oeil sur le chat quand je suis là.
Surveiller le fauve ? Rêve toujours !
C'est gentil. Merci... ...?
Maïa.
Pffffff
Merci, Maïa.
Craquant !
Mystérieux.
Beau !
CLAC !

Qui c'était ?
Le fils de nos nouveaux voisins.
Et...?
Il s'habille tout en noir, il ne sourit pas et il est super coooool.
Il a tout pour plaire aux filles.
C'est horrible !
D'accord. Mais qu'est-ce qu'il voulait ?
Ce Hugo risque de détourner Maïa de sa mission.
Arrête de faire le rabat-joie ! Laisse-la s'amuser un peu.
De toute façon, elle est bloquée. Alors qui sait, ce garçon lui donnera peut-être l'énergie qui lui manque ?!
J'ai toujours dit que la boîte serait mieux gardée par un garçon.
Ce n'est pas ce qu'elle voulait dire !
Non ?
Non !
Être amoureux est inspirant. Brusquement, on peut accomplir l'impossible car l'amour donne des ailes !
Du garçon, on s'en fout.
Je n'ai pas dit ça non plus.

Maïa!
Faut que je te raconte...
Hé!
Tu ne peux pas faire la queue comme tout le monde?
Je peux. Mais je n'ai pas envie.
J'ai eu 20/20 en histoire!
Grâce à mes devoirs que t'as copiés ?!!
C'est surtout pour le dessin.
T'as fait un dessin?
Il fallait bien que j'ajoute une note personnelle à ton travail. Alors j'ai dessiné la boîte qu'on a trouvée à Istanbul...
T'as dessiné la boîte ?!
Désolée.
Mais quel rapport avec le sujet ??
Je ne sais pas... ça faisait joli.
Ce qui compte, c'est que ça ait plu à Madame Ricci ! Elle voulait tout savoir sur ce dessin.

TIENS, IL Y A TON COPAIN HUGO.
UN PEU FATIGUÉ, LE PAUVRE. TU VEUX L'AIDER À SE RÉVEILLER ?
SI TU VAS DANS SA DIRECTION, JE TE TUE !
HOULÀ ! SI GRAVE QUE ÇA ?!
QU'EST-CE QUE TU AS RACONTÉ À MADAME RICCI ?
TROIS FOIS RIEN, DÉTENDS-TOI.
ELLE M'A DEMANDÉ OÙ J'AVAIS VU UNE BOÎTE SEMBLABLE. SI C'ÉTAIT DANS LES AFFAIRES DE TA MÈRE.
PAR HASARD.
ELLE M'A RAPPELÉ QU'AVANT DE DEVENIR PROF, ELLE ÉTAIT ARCHÉOLOGUE...
... ET QU'ELLE A FAIT UNE EXCURSION AVEC MA MÈRE.
ELLE ME RACONTE ÇA TOUT LE TEMPS.
J'AI RÉPONDU QUE JE NE ME RAPPELLE PLUS POUR LA BOÎTE.
C'EST BIEN DE T'AVOIR PRÉVENUE AVANT TON COURS AVEC ELLE, NON ?
OUI, SUPER. MERCI, CAMILLE !

Maïa, je peux vous parler un instant ?
Votre cousine m'a raconté que vous vous intéressez à l'archéologie.
Oh, oh ... danger !
Je suis ravie que vous suiviez l'exemple de votre mère.
Sa mort précoce a été une énorme perte pour la science.
Elle a fait tant de découvertes !
D'ailleurs...
Attention...
Je me demande si elle a eu le temps de parler de toutes ses découvertes.
... Voilà l'attaque !
Faut faire diversion !
Maïa, est-ce que...
... dans l'héritage de votre mère...
Recule !
AH !

Hiiiiiiiii !
Hooouu !
Bing !
excusez-moi, je suis désolée !
j'espère que vous n'êtes pas blessée ?
Ne reste pas là. Barre-toi !
il faut que je parte, le prochain cours commence.
juste un mot ! j'ai encore des photos de l'excursion. ça vous ferait plaisir de les voir, n'est-ce pas ?
Oui, bien sûr. au revoir !

Ce n'est pas ce que j'appelle une bonne cachette.
C'est déjà mieux que sous son lit.
je déteste cette Madame Ricci !
elle est dangereuse.
C'est une grande jalouse, c'est tout.
je ne peux pas croire que ma mère et elle étaient copines.
Voilà ! en attendant que je trouve la cachette parfaite pour cette maudite boîte.
Ce n'est jamais parfait, Maïa, tu l'as dit toi-même.
elle peut faire mieux !
et plus vite ! J'en ai marre de ces doutes et hésitations !
OH ?!

C'est la chambre d'Hugo!
Beau poste d'observation ici.
Regardez-la! Je n'aime pas quand elle est comme ça.
Laisse-la vivre un peu, Saturne.
Non, il a raison: les filles ont tendance à oublier tout le reste quand elles tombent amoureuses.
Ce qu'elles font tout le temps.
Peut-être. Mais chez les filles...
Pas plus que les garçons!
... c'est grave!
Retire ça immédiatement!
C'est toi qui disais...
C'est pas pareil! Je suis une femme, je peux le dire.
Laisse tomber, c'est un terrain miné.
N'empêche... Ces fameuses ailes d'amour, où sont-elles?
GRAT
OH NON!
Le chat!

Jones!
Reste ici, toi!
Miauuuuow
S'il te plaît, reviens!
Insupportables, ces chats!
Je te jure...
Minou, minou...
Je n'appelle pas ça "avoir des ailes d'amour" mais "une sacrée bêtise"!

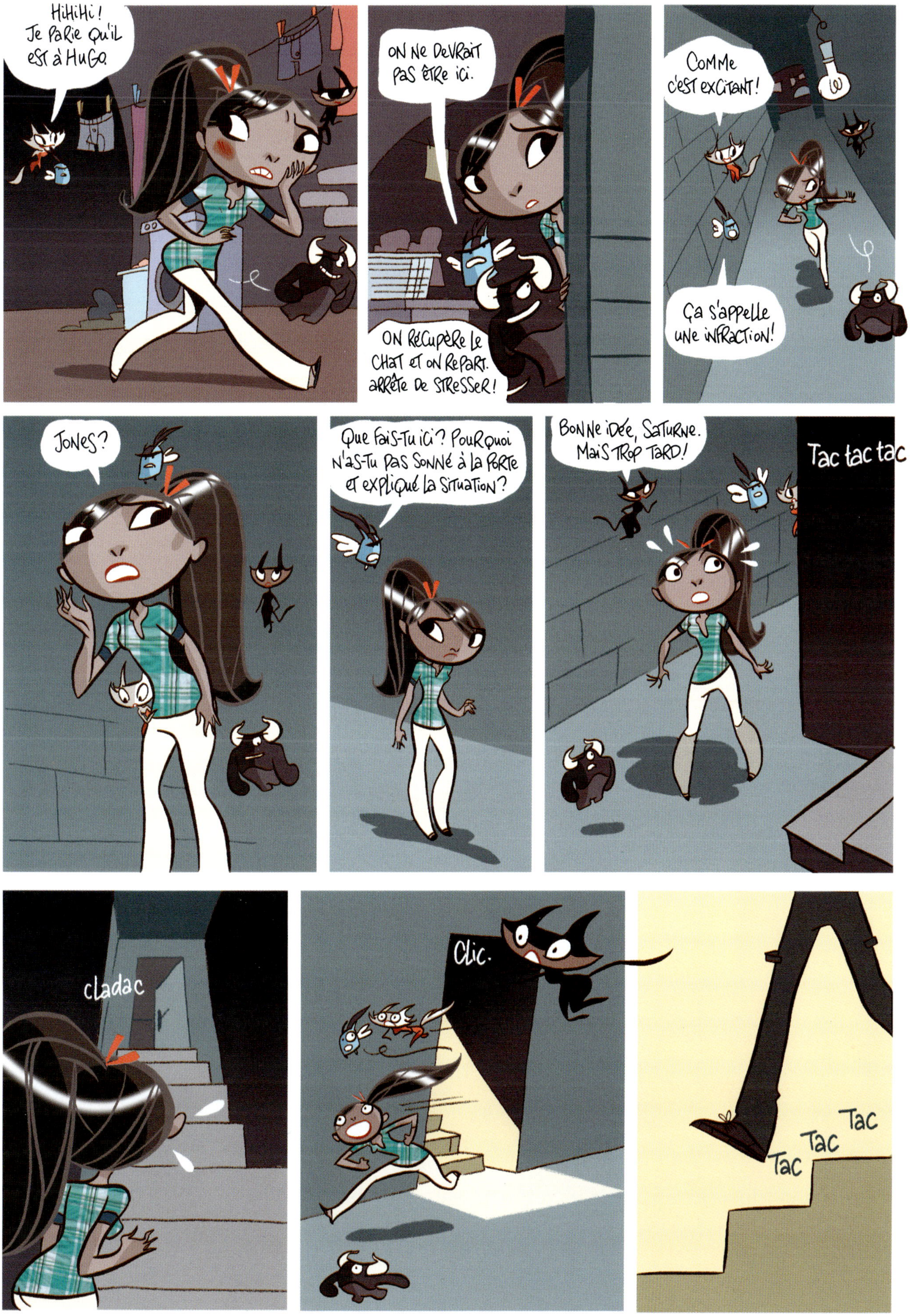
HiHiHi ! Je parie qu'il est à Hugo.
On ne devrait pas être ici.
On récupère le chat et on repart. Arrête de stresser !
Comme c'est excitant !
Ça s'appelle une infraction !
Jones ?
Que fais-tu ici ? Pourquoi n'as-tu pas sonné à la porte et expliqué la situation ?
Bonne idée, Saturne. Mais trop tard !
Tac tac tac
cladac
Clic.
Tac Tac Tac

Tac
Tac
Tac
Clic!
SSSSCCCCCCCCCOOUUUUUUUU

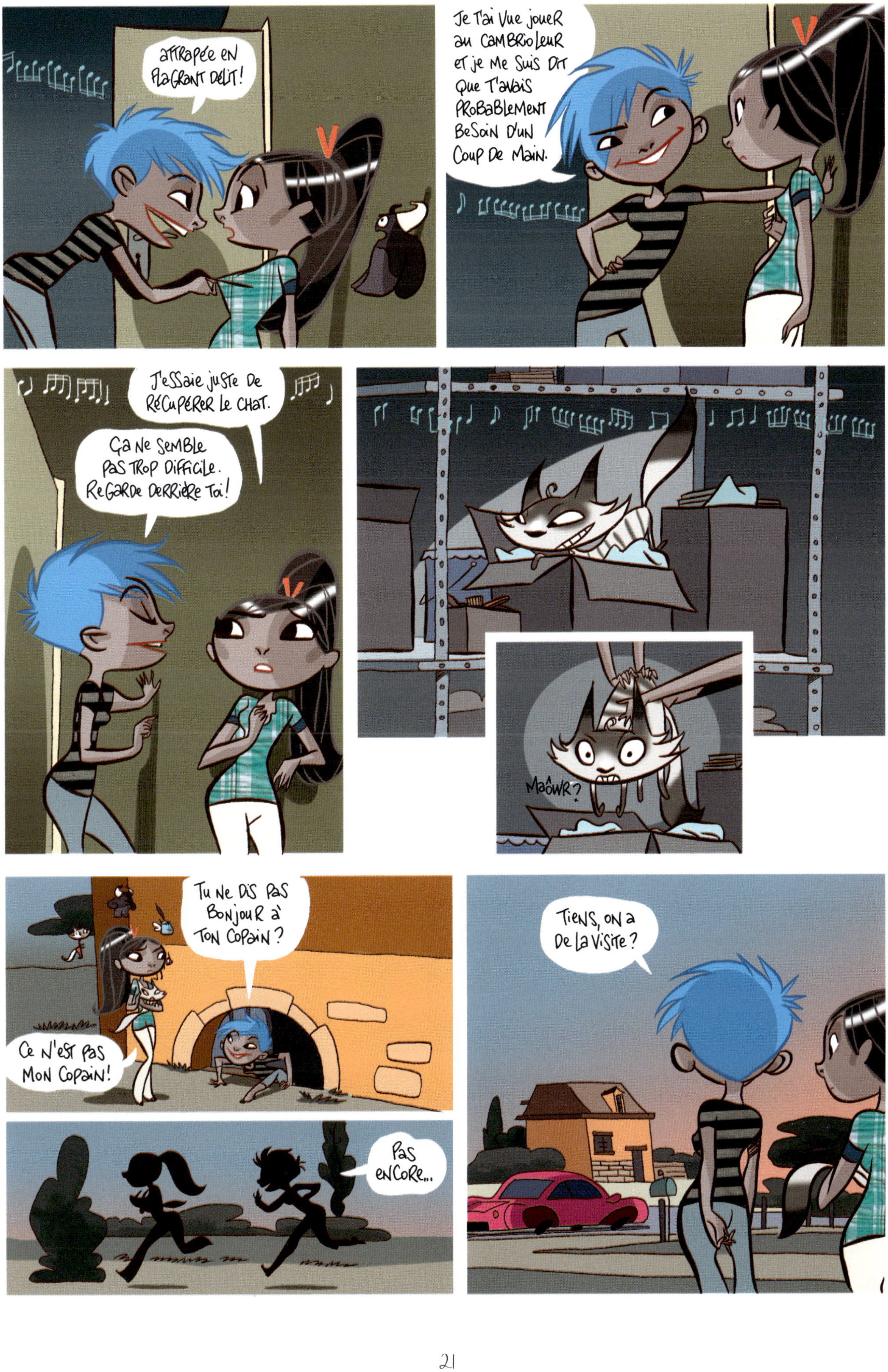
Attrapée en flagrant délit !
Je t'ai vue jouer au cambrioleur et je me suis dit que t'avais probablement besoin d'un coup de main.
J'essaie juste de récupérer le chat.
Ça ne semble pas trop difficile. Regarde derrière toi !
MAÔWR ?
Tu ne dis pas bonjour à ton copain ?
Ce n'est pas mon copain !
Pas encore...
Tiens, on a de la visite ?

Voilà les filles!
?!
J'ai senti que vous aviez hâte de voir les photos, alors je suis venue tout de suite.
Je tiens toujours mes promesses.
Quelle jolie fille! Elle ressemble beaucoup à sa mère, n'est-ce pas?
C'est ce que tout le monde dit.
Ah! Pauvre Sophie...
Voici les photos de l'excursion que j'ai faite avec elle.

Ça, c'est notre groupe. La première excursion en Grèce que j'ai faite avec l'université.
Tu me reconnais, Maïa ? Là, juste à côté de ta mère !
C'était merveilleux. Nous étions pleins d'espoir, pleins de rêves.
Pendant la journée, nous étions dans la poussière. Ça travaillait dur.
Mais la nuit, on faisait la fête.
Ça, c'est le soir où chacun a raconté pourquoi il avait choisi l'archéologie.
Connaissez-vous la raison de votre mère ?
Non.
Depuis toute petite, Sophie faisait un rêve.
Toujours le même !
Dans ce rêve, elle savait qu'un vieux trésor l'attendait.

Le trésor était enfoui dans un pays lointain et chaud.
Dans son rêve, Sophie se voyait creuser la terre. Et elle le trouvait !
alors elle le sortait de la terre- et elle éprouvait un sentiment d'ultime bonheur.
Elle vous a dit de quelle sorte de trésor il s'agissait ?
Non. Mais elle l'a dessiné.
Nous avons tous dessiné une image qui représentait ce que nous cherchions.
Carlos
Pierre
Sophie
Voici le dessin de votre mère, Maïa.
?!
Et voici le dessin avec lequel Camille a décoré son dernier devoir.
!
?
Sophie
20/20

Ça alors !
Comment est-ce possible ?
C'est la question que je me pose.
Les trésors du passé sont un patrimoine précieux.
C'est à la science d'y prendre garde.
C'est à cause de ça que je vous demande : que savez-vous de cette boîte ?
Les filles ?
Ma mère ne m'en a jamais parlé.
Ma tante faisait toujours des petits dessins pendant qu'elle téléphonait. C'est sans doute là que j'ai vu cette boîte que j'ai reproduite.
HMMM.
Évidemment. Si c'est comme ça...
L'histoire semble claire.
À bientôt, les filles !
On dirait une menace !

La mère de Maïa ne savait rien de la Boîte de Pandore. Comment a-t-elle pu la dessiner ?
Visiblement, elle en savait plus que nous ne pensions.
C'était un rêve.
C'est par les rêves que les humains ont accès à un savoir qui les dépasse.
Quelle vipère, cette prof !
Elle est redoutable.
Elle n'a pas hésité longtemps pour venir ici.
Elle est venue pour savoir.
Quel culot de s'inviter soi-même !
Maintenant elle sait.
Toute souriante, elle crache son venin.
ASSEZ !
Ne parlez pas tous à la fois ! Ça me rend dingue.
Je veux bien vous écouter tous. Mais l'un après l'autre.
Vénus ?
Je déteste cette madame Ricci !
On l'a compris ! Mais ça ne nous aide pas.

Comment vois-tu les choses, Saturne ?
Vous n'avez donné aucune explication valable pour le dessin de Camille. Madame Ricci SAIT maintenant que vous lui cachez quelque chose.
Diane ?
C'est une archéologue frustrée qui veut prendre sa revanche. Elle est prête à tout pour mettre la main sur la boîte.
Mars ?
Il faut agir, avant que la fouine revienne.
Qu'est-ce que je dois faire ?
Trouver une cachette loin d'ici. Tout de suite !
Vous êtes d'accord ?
Oui.
Oui.
Et toi ?
Personne ne m'écoute. Alors, je me tais.
Vénus...
Tant pis pour elle, on y va !

C'est par là. Avant, c'était un marécage.
Les adultes nous mettent toujours en garde.
Mon père disait que ça ne risque plus rien. Nous venions pour ramasser des champignons.
CLIC!
Mais je crois que nous étions bien les seuls à venir ici.
Tant mieux!

Enfin une bonne chose de faite !
Ça va ?
Pas mal.
Mais bien sûr !
Il faut que tu retiennes bien cet endroit.
Mince, il y a quelqu'un !
Trop tard pour faire demi-tour. Il t'a déjà vue.
Et ce serait dommage de l'éviter, parce que ...
?
... c'est Hugo !
?!

Maïa ?!
BONSOIR.
QUE FAIS-TU DANS LA FORÊT À DEUX HEURES DU MATIN ? TU CHERCHES À TE FAIRE PEUR ?
N'EXPLIQUE RIEN. TU N'AS RIEN À JUSTIFIER.
FAUT DONNER UNE EXPLICATION, SINON IL VA SE DOUTER DE QUELQUE CHOSE !
JE ME PROMÈNE. J'AIME BIEN LA NUIT.
MOI AUSSI, J'AIME LA NUIT. TU ACCEPTES QUE JE T'ACCOMPAGNE UN PEU ?
YES !

Courage. Parle-lui !
C'est une occasion unique.
Vas-y !
Qu'est-ce que tu écoutes ?
Tiens.
Cette fille a vraiment besoin d'un coup de pouce !
Que fais-tu ?
Rien à voir avec la Boîte de Pandore.
Alors j'ai le droit de l'aider un peu !
?

Tu danses ?!
Je n'arrive pas à m'en empêcher.
Snap !
Snap !
Tant mieux, ça veut dire que la musique te plaît.
J'aimerais bien apprendre à danser !
Le tango, le boogie, le swing, le hip-hop... ?
Je n'en sais rien.
Tout ?!
Moi...
... je veux devenir danseur professionnel.
Mais faut pas en parler à mon père !
Pourquoi ?
Il veut que j'aie un métier "avec avenir". L'école doit être la priorité.
Le truc impossible quand tu veux devenir un vrai danseur. Alors...
Alors ?
Je m'entraîne en cachette.
Proposition : ce samedi, tu viens chez moi.
Je t'apprends quelques pas... et toi, tu m'aides à m'entraîner.
D'accord.

Ce garçon est manipulé. Maïa savait qu'il dansait!
Et alors? Les hommes adorent être manipulés par les femmes.
Est-ce qu'au moins, elle aime vraiment danser?
Avec lui? Elle va adorer!
Maïa?
Maïa!
Excusez-moi, je n'ai pas bien compris la question.
La question était si mon cours ne dérange pas trop votre rêverie.
La réponse est visiblement: non!
Hey!

Ça va mieux ? Ce matin t'étais carrément dans les vapes !
Ça va.
Bonne nouvelle, madame Ricci a mal digéré l'apéro que papa lui a servi. Elle est malade !
Dommage ! Je n'ai pas cours avec elle aujourd'hui.
?
J'ai raté un épisode ?
Raconte !
DRRRRRRIIIIIING
Désolée, faut y aller.
Houlà !
Toi, t'es amoureuse !
Elle est foutue !

BUS
OLICE
?
Qu'est-ce qui se passe ?
On a tenté de nous cambrioler.
Je suis rentrée et j'ai trouvé la porte-fenêtre de derrière cassée.
Apparemment il a été dérangé. Il ne nous manque rien !
Je vais vérifier ma chambre.

Alors?
Elle est entrée ici, je le sens.
je vois bien que quelqu'un a touché à mes affaires!
Tu dis "Quelqu'un" mais tu sais qui c'est...
Madame Ricci!
je suis sûre qu'elle a aussi cherché chez Camille.
Le chaos, comme d'hab!
Camille
Au moins, Camille ne lui a pas facilité la chose!
Elle a même fouillé dans les affaires de mes parents!
Elle n'a pas le droit!

Bon, soyons logiques. Quel est le problème ? La boîte est en sécurité.
Peut-être. Mais tant que Madame Ricci n'aura pas trouvé ce qu'elle cherche, elle reviendra.
Quelle idée insupportable !
Tout ça parce que nous avons attaqué le problème par le mauvais côté.
Personne ne voulait m'écouter.
Abrège et explique-toi !
C'est bien simple. Il suffit de se mettre à la place de Madame Ricci.
Clic !
Celle-ci sait que Maïa et Camille ont découvert quelque chose et elle ne lâchera pas l'affaire tant qu'elle n'aura pas mis la main sur cet objet. En revanche, que se passerait-il si elle apprenait que cet objet est sans valeur archéologique ?
Il perdrait tout intérêt !
Et nous serions débarrassés d'elle.
Tout ce qu'il nous faut, c'est un ersatz ! Quelque chose que les filles auraient pu prendre pour un trésor.

BROCANTE
Une boîte et des fausses pierres!
6e BROC
Qu'importe la taille de la boîte, faut juste la même forme.
Regarde!
Parfait.
Beurk!
Plastique, mais idéale pour notre cause.
Beurk quand même.
Madame Ricci n'y croira jamais. Elle est archéologue!
Pas grave.
L'important est qu'elle **nous** croie assez bêtes pour y avoir cru!

PAS MAL !
J'ADORE LA CACHETTE ! ÇA SENT BON LE FUMIER !
C'EST UN ENDROIT DIGNE DES FOUILLES ARCHÉOLOGIQUES...
PAPA LE DIT SOUVENT : IL FAUT TOURNER LE COMPOST FRÉQUEMMENT !
JAMAIS FUMIER NE SERA PLUS DÉLICATEMENT TOURNÉ !
OUPS.
OH !
VENGEANCE !
HIIII !
C'EST DU PROPRE !

Salut Hugo !
je ne sais pas pourquoi, mais aujourd'hui je suis d'humeur à embrasser tout le monde.
Une autre fois, mon cœur.
T'es libre ?
?
Là, maintenant ?
Chez moi, dans cinq minutes.
!
OK. Le temps de prendre une douche.
Tu sais faire courir les filles !

Cinq minutes ET demie. T'es en retard.
Tout est une question de timing. Surtout en danse.
Je te préviens, je suis nulle.
Woaw !
Tango ! Je te montre le pas de base.
Écoute la musique et laisse-toi faire.
Tu apprendras vite, t'es drôlement douée.

Maintenant, à moi. je vais travailler mes sauts et tu remplaceras ma partenaire.
je vais essayer.
Elle est transformée, la petite.
Ça se comprend, non? Elle se trouve nulle- mais Hugo vient lui confirmer le contraire.
Nous lui avons pourtant dit la même chose.
Malheureusement, elle a besoin que ce soit un garçon qui le lui dise.
C'est toujours la même histoire. Tu n'y peux rien, Diane.
Y en a marre!

ARRÊTE DE SOURIRE TOUT LE TEMPS. C'EST AGAÇANT.
POURQUOI LES GENS AMOUREUX ONT TOUJOURS L'AIR AUSSI BÊTE ?
JE NE SUIS PAS AMOUREUSE. JE SUIS DE BONNE HUMEUR, C'EST TOUT.
C'EST C'LA, OUI.
LA VOILÀ !
... BOÎTE ...
... CACHER...
?!
... PERSONNE NE DOIT SAVOIR...
C'EST BON ?
OUI. ELLE A MORDU À L'HAMEÇON.
ET VOILÀ TON PRINCE CHARMANT QUI ARRIVE...

PFFFFF je vous laisse.
SALUT.
SALUT.
OH, excuse-moi.
Hélène!
T'as bien raison! C'est toujours la même histoire.
Voilà comment l'amour embrouille l'esprit.

La jeune mademoiselle va être occupée pendant des heures à se poser des questions dépourvues d'intérêt.
Que faire ?
Oh mon Dieu, il préfère l'autre !
N'empêche, la vie serait bien ennuyeuse sans amour.
C'est vrai ça !
L'amour rend BÊTE !
DRRiiiiiiiNG
Danger devant. Cache-toi, Maïa !
Oh oh, je crois qu'elle vient ici !

imbécile! Comment t'as pu y croire une seconde?
Sophie n'a jamais trouvé sa boîte! Elle s'en est juste fabriqué une à l'image de son rêve.
Un jouet!
j'ai encore perdu mon temps!
Bouhouhou
Quand est-ce que je trouverai enfin un trésor?
... un tout petit trésor...
Houhou
Ce n'est pas dans cet horrible collège que j'en trouverai.
je démissionne! Finie, cette stupide vie de prof. je retourne sur le terrain!

Plus rien à craindre de Mme Ricci !
Et la boîte de Pandore a trouvé sa nouvelle cachette.
Je savais que tu étais une bonne gardienne !
Hé ?!
C'est une raison de faire la fête, non ?
Je n'en ai pas envie.
Ah !
C'est ta faute !
T'arrêtes un peu ?!
C'est ridicule d'essayer de séduire un garçon. Ça se fait naturellement - sinon tant pis !
Tu ne comprends rien à l'amour !
KISSs !
SSCHH !
?!
STOP !!
Inutile de s'exciter ainsi tant que nous ne savons pas ce que Hugo ressent pour Maïa.
Elle n'a qu'à le lui demander.

Surtout pas!
Ça ne va pas la tête?
La honte! T'imagines?
Le bus!
VRRRR
Hé, Maïa! Dépêche-toi!
C'est interdit de bloquer la porte!
BUS
Merci.
Quittez la porte!
Je sens que ça va être une histoire compliquée...
J'adore!

À suivre...

Bon observateur
Dieu de la guerre et de toute action
aime la bagarre
STUPIDE !
MACHO ATTITUDE
trouve tout de suite des solutions
FONCE SANS RÉFLÉCHIR
Fort !
Rapide !
Mars
homme de terrain
Concret et pratique
DIEU DES SEMAILLES QUI CULTIVE LA RAISON ET LA LOGIQUE
Saturne
UNE VRAIE TÊTE !
À L'AISE DÈS QUE ÇA DEVIENT COMPLIQUÉ
LA RAISON PURE ET DURE
Froid et cassant
pessimiste !
NE COMPTE QUE SUR LUI-MÊME
MONSIEUR LOGIQUE
LES LOIS ET LES RÈGLES C'EST POUR LUI !
Mélancolique